KB125870

꿈꾸는 엘리베이터

꿈꾸는 엘리베이터

김규나 시집

37
시와정신시인선

시와정신

■

시인의 말

어릴 때 나는 발아래 돋아난 풀꽃을 살피면서 다니는 버릇이 있었다. 좀 크고 나서 어떤 친구는, 난 네가 시인이 되었음 좋겠다, 고 말한 적이 있었다. 꿈꾸기에 뒤늦었다고 생각한 나이를 그 말이 잊게 한 것 같다.

아버지는 눈에 든 사물을 그림 보듯이 설명해주시는 분이었다. 그래서 난 장독 뒤에 돋아난 괭이밥의 노란 꽃을 기억한다. 언제부터인가 나 몰래 바람에 묻어와 뿌리를 내린 씨앗이 있었던 모양이다. 이유도 모르고 자나 깨나 갈증이 심했다.

모진 바람에 가지가 부러질까, 이 겨울에 얼지는 않았을까 속을 끓이는 동안 그 나무는 여러 해를 버티고 눈에 띄게 커버렸다. 그리고 이제 막 꽃잎을 꺼내려고 한다. 이것이 남 보기에 풀꽃만치 사소할 것일지는 모르겠다. 하지만 그것과 한 몸 되어 아파하며 오래 살았으니 내겐 특별한 존재다. 혹시 별 향기가 없을지라도 내 꽃이 싫지 않았으면 좋겠다. 글밭에서 큰 가르침을 주신 교수님과 혼자 걷기 어려운 길에 동행해준 문우들에게 감사드린다.

2021년 여름

김규나

차 례

___ 제2부

___ 제3부

___ 제4부

제1부

간이 밴다는 것

혀가 매일 원하는 것은
미량의 소금이지만
그렇다고 거기에 간이 배지 않는다

짜디짠 바다에서
한세상 모르고 뛰노는 물고기
속은 싱겁기만 하다

남해에서 낚아온 감성돔
파도에서 팔딱이다 식탁 위로 왔다
소금을 뿌려 살이 간간하다

간이 밴다는 건
목숨을 내려놓았다는 것
배추도 간 배면 숨이 죽는다
삶의 통로가
사라진 것이다

싱거워야 산다
숨 죽어 염하기 전에

도마 위 생선처럼 튀는 팔팔한 성질
죽을 때까지 갖고 가라

사는 게 싱겁고 싱거워서
몸에 간이 밸 때까지
세상 험한 여정에 몸 달구는
시뻘건 힘을 믿어라

노가리 찬가

비 내리는 금요일 밤
청사초롱 식당에서 노가리를 푼다
머리부터 덥썩 먹어 주어야
제 맛이라며 노가리를 깐다

노가리 세계에는
혀(舌)의 존엄을 위해
맥주잔을 높이 치켜들어야 한다는
규칙 같은 건 없다

노가리를 푼다는 건
두서없이 쏟고 싶은 대로
말 하면 그만일 뿐

노가리를 까는 것은
내면에서 잠자던 말에게
채찍을 가하며
깨어나게 하는 것

말들이 푸른 보리밭을 달리든

컴컴한 동굴에 처박히든
그건 말의 몫이고
우리는 마른 생선을 씹으며
그저 신나게 혀를 굴리면 되는 것이다

아, 쉴 새 없이 거품을 피어 올리는
위대한 노가리여
나는 너의 명석한 대가리를
차마 삼키지는 못하겠구나

제발 복어는 건들지 말아요

바다에만 조수(潮水)가 있을까
동트면 서둘러 나섰다가
해지면 어기적 어기적 골목을 돌아오는 사람들
거리 한복판에 서면 거친 물살이 느껴진다

땅에도 사리와 조금이 있다
예고 없이 풍랑이 일렁이는 날이면
둥지는 폭풍전야
파도에 널브러지는 날도 생긴다

–아빠가 허리를 다쳐 직장을 잃었다구요
–다행히 알바를 구했으니까

나무 그늘에 숨어 겨우 불행을 면한 어린 새들
달 없는 밤에 끼리끼리 모여 있다

–부탄가스를 마신 적이 있다는군요

건널목에 서서
누군가 통화하는 소리를 듣는 동안

어떤 물고기가 생각났다
행여 누가 해칠까 싶어
공기라도 흡입해서 불룩한 배
목숨을 다해 하루를 지키려는 사람들
파도에 흔들리며
살길을 찾아 유영하는 복어를 닮았다

나도 그렇다

밥

엉겨 붙으며 내지르는 소리
뚜껑 위로 쉴 새 없이 흐르는 눈물
전쟁 같은 냄비 속

거품 물고
부글부글 속을 끓인 후
비로소 밥이 익는다

한바탕 소란이 잦아든 뒤
전깃불 아래 자르르 깔린 흰 빛
구수한 냄새
익숙하면서도
새로운 찰진 입맛

밥 줘, 엄마
엄마, 배고파

그래 엄마는 네 밥이다

껍데기

맛을 진짜 내는 건
말캉한 알맹이가 아니라
속살을 지키려고 굳힌
야무진 껍데기이다

비닐 봉지에 담아온 조개
파를 넣고 한소끔 후르르 끓여 냈다
모래나 뻘을 궁굴던
알고도 모를 것 같은 바다의 맛

냄비 속을 줄기차게 맴돌던
조류 맨 밑바닥
바지락거린다고 바지락
오래전에 숨이 빠진 모시조개 껍질들

하얗게 눈부시던 오후
처음 생명을 틔운 바다에서
우리는 늙은 가수의 '서해에서' 를 불렀다
갯바위에 붙은 따개비처럼

의지하지도 않았다

파도에 시달려도
우리는 껍데기로 버티며 살았다
텅 빈 속을 보여주기 싫었다
나는 백합이다

그림자의 여자

모딜리아니가 그린
목이 긴 여자의 텅 빈 얼굴
그림자처럼 검은 머리카락에 옷과 모자
별로 밝지 않은 배경을
뒤에서 더욱 묘하고 붉게 흔들고 있다

여자는 언제나
벽에 앉아 있다
초점이 없는 눈으로만 비스듬히
아무리 밟아도 절대 밟히지 않을 존재
허상과 혼혈이 된,

섬이 되고 싶은

여자가 서 있어요
파도 위에 떠 있는 먼 섬처럼
아득하게 흔들려요
섬과 섬 사이 다리가 놓이면
뭍이 될까요

여자는 매일
어두운 방에 홀로 앉아
건너편 창에 등댓불이 켜지길 기다렸어요
희미한 불빛도 없는 새벽에
주섬주섬 몸을 챙겨 길을 나서곤 했어요

거리에 떠도는 그림자들
물살 거스르지 못한 어깨가
이유 없이 여자에게 부딪치기만 했구요
흔한 갈매기 한 마리 앉지 않았어요

썰물이어야 드러나는 여
여자의 시간이

섬이 되기 모자라서일까요

꼭 그럴까요?

공중부양

가벼워야 날 수 있다
새는 날기 위해 뼛속을 비운다
빈 것을 허(虛)라 한다

새는 허공이 되고자 비우고
우리는 새처럼 비워두는 연습한다

딛고 오를 사다리 없이
저 산 오르내리는 사람들은
꿈속의 날개가 위태롭다
추락이 두려워 거대한 프로펠러를 만들었다

드디어 무거운 몸을 들고
날아간다 이승에서 저승으로
커다란 열기구를 타고 나는 꿈을 꾼다

날개 없이 새가 될까
허공으로 폭죽을 터트릴까

우리는 헛된 욕망으로 공중부양 중이다

본색

바람 한 점 안 불건만
살랑, 흔들리는 목련 나뭇가지
꽉 부여잡고 휘청이는 몸을 곧추세우다가
까 까악 깍, 허공으로 튀어 오른 까치 한 마리
봄 냄새에 취해
갈지자로 날아간다

얄궂어라

저것도 수컷이라고
환하게 단장한 꽃처녀
툭 건드리고 지나가는군

지팡이의 무게

제 몸무게 어쩌지 못하고
지팡이에 의지하여 겨우겨우
걸음마를 하는 노인
허리 휜 생의 겹이 가여워질수록
회귀본능만 남았을 것인데
살점은 하나 없고
껍질이 되었다

누군지 기막힌 솜씨다
부드러운 속살만 녹여 저리
우글쭈글 껍질만 남겨 놓다니

저 몸뚱아리
영양과 수분을 채우면
다시 탱글탱글 차올라
날을 세우려나
욕심 많던 시간도
잔뜩 지워 내야 하나

측량할 수 없는 허공을

비워둔 채

바람만 고요하구나

나는 악어다

한 발 디딜 때마다 힘을 빼야 허우적이지 않고 걸을 수 있다 물살에 엎드려 숨소리를 죽이고 네 발로 기어야 들키지 않고 다가갈 수 있다 길고 커다란 입 벌리고 물어뜯을 기회만 노리다가 어떤 날은 양지바른 곳에서 얌전히 햇살을 맞기도 한다 내 안에서 사라진 수많은 생명들, 커다란 나무가 되기 위해 숲을 좇아가다 늪에 빠지기도 하고 무서운 독거미를 만나서 숨을 거둔 적도 있는, 더 이상 야자나무에 올라타 열매를 따는 일을 할 수 없는, 햇살이 나뭇잎을 반짝 닦아 놓으면 바람이 후 하고 흔들어 놓는, 생각의 정글을 헤매며 밀림에서 태어나 밀림에서 죽는 악어가 아니라 밀림에서 살고 싶은 나는 악어다 생기발랄한 바람을 맞으며 탁한 강물을 가르고 싶은,

통증은 때로 별이 된다

응급실에 다녀왔다

숲에서 버려진 짐승처럼
내 힘으로 팔다리 하나 추스르지 못했다

누군가 죽어갔을 침대 위에 누워
숨 고르며 빛을 찾았다

웅성거림이 물러나고
동굴에서 물방울 떨어지는 소리가 들렸다

깊이를 알 수 없는 곳에서 별이 떴다

아플 때마다 몸을 뒤척이며
통증에서 피어난 무수한 반짝임

들판 곡식들이 온갖 벌레를 이겨내고
장마를 지나며 건넜을 시간들

링거에 매달려 위태롭던 하루가 멀쩡히 돌아왔다

무게를 감당할 수 없었던 몸이
빈 그릇처럼 가벼워졌다

몸에서 별이 반짝였다

불면

잠자리에 눕는다
잠이 오지 않아 껐던 불을 켠다
졸음이 몰려오길
마냥 기다리는 건 싫다
호흡도 바꿔 보고
컴퓨터를 열고
자판을 두드려 생각을 적는다

불면도 습관이다
단맛에 길들여지는 것처럼

밤은 깊어 사위는 잔잔한데
나는 잠속으로 빠져들지 못하고
밤을 겉돌며 맹숭거린다

짙푸른 의식의 바다
파닥거리는 고민과 근심의 떼를 좇아내려면
긴 창으로 적막과 맞서야 한다

사막을 건너고
별을 스쳐가고
온갖 사물과 싸우다 지쳐
점점 해체되어가는 뼈들

닳아진 몸속에서
하나 둘 별이 지고 있다

신을 신다

신을 신을 수 있다는 건
아직 살아 있다는 징표

신을 버리고는 살아갈 수 없다는 것을
알려주기 위해서
하찮은 쓰레기를 버릴 때도
축하할 일이 생겨서 집을 나설 때도
신을 신는다
하루를 끝내고
화가 나서 이리저리 휙휙 벗어던지고
이불 속으로 우리 몸을 숨길 때에도
그저 벗어 놓은 자리에서 아무 말 못 하고
다시 발을 맞이할 준비를 하는 게 그의 몫이다

몸을 지탱하다 애달픈 마음 조금씩 늙어간다
표를 내지 않으려고 바닥부터 아주 조금씩
헤져가기 때문에
견딜 수가 있는 것이다

살아서 집을 떠날 땐 신을 신지만

생이 다한 사람들은 맨발이어야 한다
나뭇가지에 자신의 몸뚱이를 매달 때도
남겨 놓고 떠나고
푸른 강물에 뛰어들 때도
벗어 놓고 가야 한다

신(神)이 있는 곳으로 가는 사람들은
신이 필요하지 않다
더 이상 신이

달빛

벚꽃이 하르르 날린다
일을 마치고 돌아오는 시간
좁고 낮은 골목길까지 내려와 쌓이는 꽃잎들
어둠 끝에서 너의 시선을 붙잡던 사람은 보이지 않고
달빛만 집으로 데려온다

핸드폰 속에 들어 있는 숨소리들
구석구석 먼지처럼 쌓여 있는 문자들
사랑은 의미도 없이 사계를 스쳐 지나가고

사람은 오가도
봄은 향기를 잃었다
도로의 질주하는 차들을 눈으로 좇으며
잠들기 전 조심스레 창문을 연다
창틀에 쌓인 달빛
얕은 어둠의 낱장을 집어 올린다

제2부

아버지

말 줄임표였을까
아직도 당신을 더 읽고 싶은데
성급하게 마침표를 찍었다

무릎이 깨지고 어깨가 닳아도
아픔을 견디며 올라온 성채
까마득하게 멀기만 한 가장의 책임
단문으로 마치고 싶어
그리 안간힘으로 오르려다 구르기를
당신은 반복했을까

추락하며 찢어진 날개가
바람에 펄럭인다
망자에게 던진 흰 저고리
저것마저 가져가지 못하셨구나

이제 그만 편안히 쉬시라고
나는 하얀 가루로 흩어진 강물에
돌을 던져 마침표를 찍는다

아버지,
당신은 마침표가 아니라
언제든 꺼내어 볼 수 있는
나의 영원한 쉼표일 뿐입니다

생각은 보이지 않는 생물이다

늘 자신의 몸에 생식하지만
누구도 생각의 실체를 본 적이 없다

파닥거리는 꼬리를 잡으려
생각의 바다에서 서성이지만
비웃듯 입질만 하다 달아난다

어떤 날은 촘촘한 그물을 던져보지만
피라미들만 걸려들기 일쑤다

늘 집중을 요하면서도
초집중하다 정도를 벗어나는 날엔
그 바다로 가는 길을 잃기도 한다

생각은 지구상에 생식하는 생물 중
가장 다루기 힘든 생물이다

무단횡단

꽃길이었던 것 같아

넌 액셀러레이터를 밟고
난 급정거를 했지
넌 튕겨나가고
난 그 자리에 멈추었어

그때 적막을 찢고
한 마리 새가 허공으로 날아 올랐어
지붕에 구멍이 뚫리면서 비가 새기 시작했지

봄비였던 것 같아

나는 지붕을 수리할 생각도 못하고
그 자리에 주저앉아 비의 꾸중을 듣고만 있었어
나무람은 홍건하게 이어졌지

난 잘못한 것이 무엇인지도 모른 채
땅 위에 찢겨져 나뒹구는 목련을
그렇게 바라만 보았어

아주 오랫동안

창틀이 사라져버렸어

침묵의 깊이

무음으로 해놓고 화면을 응시한다
소리가 사라진 곳에서도 사람들은 웃고 떠든다
저마다 일을 하고 있다

소리를 틀어막는 것은 의미를 지운다는 것

큰소리를 내던 사람이 붕어처럼 입만 뻐끔대고
세상은 잠시 적막에 휩싸인다
의도된 깊이에 갇힌 사람들
그들을 둘러싼 적막은
권능이고 모욕이고 힐링이다

모기소리조차 내기 버거웠던 사람들
돌아선 시간을 흑백으로 처리한
그들을 기억하려는 사람들은 그리 많지 않다
소리의 크기에 따라 돌아가고 있는 세상

무음의 넌센스를 기억한다
사람들은 잊혀지지 않기 위해 큰소리친다
무음이 더 큰 소리인 줄 모르기에

세상을 이긴다는 것

눈물은 허세 같은 것
단지 곁가지 뻗는 뻔뻔한 감정에 매달린다
위험하긴 하다

꽃모가지 댕강 분질러
시큰둥하게 들고 다니는 일처럼 낯설다
거리가 온통 흰 눈으로 뒤덮여도 삭막한 겨울
강바람 추위를 가슴에서 끄집어내는 것
어렵지 않다

구새 먹은 소나무 구멍에 산새들 보금자리 만들며
쑥덕이는 일처럼 사소한 것이다

너를 견딘다는 것은

국화차를 마시며

동해 바닷가
탁 트인 유리창으로 새떼가 보인다

목탄을 우겨넣은 화로 위에
찌그러진 주전자가 김을 내고 있다

바람에 흔들리는 간판
나뭇가지와 몸을 부딪치고 있다

허공에서 만난 가벼운 인연이라고
가슴 한 켠 열고 나눈 이야기
하늘처럼 마음도 짓푸르다

보기 좋게 영근 가을꽃이
찻잔에 가득 퍼진다
기침도 멎고
잘 우려낸 근심도 가라앉았다

이제 떠날 시간이다

술병

허겁지겁 먹은 김밥 한 줄
바삐 서둘다가 어디에 걸린 걸까
두통에 속이 울렁거린다

어릴 적 처음 집을 떠나는 내게 당부한 당신 말씀

뭘 먹을 땐 항상 물 먼저 먹고
아무리 배고파도 헐레벌떡 먹지 말라고

고향에서 전답 팔아
서울 보낸 동생에게서 날아온 비보 때문에
허둥지둥 술만 마신 당신
정맥이 파열되도록 연거푸 석 달을 들이붓고
배만 볼록하게 차올라도 허기는
밑 빠진 독처럼 채워지지 않았다

캄캄한 한밤중 아픈 나를 들쳐 업고
험한 산 고개 넘을 때 돌부리에 걸려도
쉽게 꿇지 않던 무릎이었는데
밤낮으로 술독에 빠져

결국 당신은 난파되고 말았다
빈 술병만 남겨 놓은 채

바람의 시그널

늘 밟히면서도 찍 소리 한 번 안 내고 밟히는 게 생명인 양 가을이 겨울채비를 서두르는 건 순전히 바람 때문이다 바람은 불고 싶어 안달을 하고 바람은 불면서 성장을 한다 바람에 떨고 있는 가을을 방 안으로 들이려 창문을 열자 가을보다 먼저 바람이 아랫목을 차지하는 건 늘 이곳저곳 생명을 불어넣느라 분주했던 두 다리 잠시 쭉 뻗고 휴식을 취하고 싶은 게지 따뜻한 온기를 그리 순식간에 삼켜버리는 걸 보면 바람같은 사람이 있다 단박에 말 한마디로 나의 온기를 빼앗아 가는, 폰이 울리면 닫힌 창을 열까 말까 고민하게 만드는, 한데서 서성이다 바람의 냄새를 묻혀오는, 하지만 그 사람이 서늘하게 부는 건 나의 창을 열어 환기를 하려는 것인지도 모른다

늘 그러하다

텅 빈 공허의 벽을 발로 힘껏 차자
다시 힘을 받아 내게 오는 그것
작용과 반작용의 법칙이 있으므로
나는 중력의 영향을 받는다
만만찮은 하루를 마무리할 때면
내 머릿속의 복잡한 심정의 변화로
지구가 돌고 있다는 것을 실감한다
변화한다는 것은 돌고 있다는 것
돈다는 것은 멈추지 않고 움직인다는 것
나비가 꿀을 찾아 이 꽃에서 저 꽃으로 날듯
변한다는 말은 살기 위하여 선택하는 필수이다
물도 웅덩이에 고여서 흐르지 못하면
얼마 지나지 않아 갑갑하다며 악취를 풍긴다
영롱한 이슬이 반짝이는 맑은 새벽 숲을 지나
인적없는 고요한 밤의 빽빽한 숲을 거쳐야
드디어 오늘이라는 이름표를 바꿔 달 수 있듯
내게 주어진 24시간도 줄기를 뻗어가고 있다

가위

창문 너머 시커먼 그림자
기웃거리고
떠나갔던 사람이 언제 방으로 들어왔는지
장롱 속 옷을 마구 집어던지고 있다

여기는 네가 있을 곳이 아니야
가, 나가
아무리 목 놓아 소리쳐도 반응이 없다
간신히 눈을 떴다 다시 감는다
꿈이면 그만인데
무엇을 두려워하나

잠결에 몸부림칠 때
가위의 끝은 추락이다
바닥이 없는

날마다 나는 찢어진 꽃잎이 된다

구두

나는 늘 배를 타고 다닌다
굽이 조금 높은 배와 낮은 배
배를 타지 않고는 문 밖에 나가지 못하므로
저 삭막한 땅은 바다가 된다
때로는 불시에 들이닥친 물과 만나
배의 밑바닥을 핥아준다
사람은 섬이므로 배를 타야 만날 수 있다
무장무장 노를 저어도
어떤 섬은 너무 멀리 있어 가 닿지 못한다
섬과 섬 사이를 재는 척도
먼 거리도 그리워하면 가깝기 때문이다

아주 낡은 이야기

와르르 쏟아져 나온 햇살
공원엔 아이들이 참새떼처럼 지저귀고
한껏 달아올라 발그레 미소 짓는 벚꽃 잎 아래
누군가 발등에 낡은 구두 한 켤레 걸쳐 놓았다
헉헉대며 세월의 계단 뛰어오르다
어느덧 하얗게 세어버린 할머니 이야기
숨기고 있는 듯 신발코가 가지런하다
이빨 빠진 호랑이 할머니 기막힌 사연
안다는 듯 주억거리며 떨어지는 꽃 내음
나는 몰래 그 향기에 취해 버렸다

모서리

슬쩍 다리를 스쳤는데 긁혔다
각이 진 삶은 가만히 있어도
누군가에게 상처를 남긴다
보이지 않는 터널을 통과하면서
아물 수 없는 흉터가 생겼다
봄 햇살이 유난히 따사로운 건
부딪치고 깨지면서 칼바람의 모서리를
무릎으로 기어서 통과했기 때문이다

내 신발은 어디 있을까

울고 싶을 때 있다
작고 너덜해서 볼품없는 발
흙 묻은 신발이 더욱 초라하다

새 신을 살까
뒷굽에 물려 물집이 생기고
뒤뚱뒤뚱 어설프게 걸을지라도
신데렐라가 되겠다고
반짝반짝 윤나는 유리 구두를 사서
짱짱한 햇빛 속 천천히 걸어볼까

신발가게 앞에 오래 서 있다

고개를 꺾고 새 신을 신어보면
엄지발가락이 닿지 않게 크거나
색깔이 마음에 들지 않는다

유부처럼 팅팅 부어오른 발목
언제까지 이 하루를 건너야 하나
다 벗어 버리고 어디 가서

한 열흘 쉬어야 할까

진열대 코너를 돌며
아득해진 기억의 시간
아이 손에 들린 알록달록한 꽃신
들판에서 한 쪽 잃고 그랬던 것처럼
새 신을 찾는 동안
나는 허공에서 끔찍하게 울고 있었다

골뱅이 무침

불쑥 매콤한 맛이 그리워진다
캔 하나 닭 모가지처럼 비틀어 따선
고춧가루 태양초 고추장 레몬식초 통깨 설탕 넣어 양념장 만들고
간에 좋다는 돌미나리 쭉 뻗은 대파 아삭아삭 오이 속살 하얀 양파
송송 썰어 넣고 자꾸만 조물락, 조물락거린다
전라도 여자가 사내를 들일 때 하던 일이다

색상만 봐도 꿀꺽 군침 돌아 한 입 크게 넣고 삼키는데 덜컥, 어머니 생이 걸린다

물 설고 길 설은 강원도 첩첩 산골로 시집 와서
뽕잎 따다 누에 치고 삼판 인부 밥 해주며
하루가 분주했던 여자

청양고추보다 매운 시집살이가 뭔지도 몰렀지
니 애비 겨울철만 되면 노름방 쏘다녔는디
땅 얼어 씨 뿌릴 일이 읎다고 하냥 재산 까먹었어
눈이 여그 무릎만큼 푹 쌓인 날,

사흘 밤낮 소식 없응께 찾으러 갔지야
예상대로 화투짝 앞에 두고 눈 뻘게 있덜 않았것냐
날 보자 매섭게 달려들어 손찌검만 허드라고
피범벅이 되얏어도 원망 같은 건 안했어야

여자 이야기 씹고 있으면 언제나 독한 육쪽마늘 맛이 난다
얼마 못 가 홧병에 가버린 사내는
늙은 여자의 입에 단내를 나게 하지만
내 기억에는 아주 나쁜 남자다

골뱅이 무침 한 접시 버무려 놓고 젊은 그와 마주 앉는다
아따 겁나게 잘 생겨버렸소, 잉

제3부

석류

외갓집으로 가버린 엄마 기다리며
눈자위 빨개지도록 운 적 있다
기막힌 사연 드러내지 못한 채 골방에 틀어박혀
삼백예순날 눈물로 지샜는가
방문 부수고 들어가니
지울 수 없는 사랑의 화인 찍힌
투명하고 붉은 수정 구슬이 있다

영글지 못한 핏덩이 떨구며
이생에 쏟아 놓은 눈물도 저렇게 빨갰었다

끓는 가슴 화산처럼 터져 버릴까 문 닫아 걸고
캄캄한 동굴이라 자처하며
해도 달도 별빛도 외면했는데
매서운 바람이 칼날을 휘둘렀는가

문 부수는 소리에 빨간 구슬이 화들짝 놀란다
저 염주알 꿰어 목에 걸고 주문 외우면 그 님 돌아올까

벙글어진 석류 속 눈자위
문득 돌처럼 단단한 혹 하나가 나를 울린다

물병

물병에서 떨어지는 건 물이 아니다
울퉁불퉁 튀어나온 골짜기를 흘러온 맑은 혼이다
무색은 불투명한 고뇌의 늪을 통과한 후에 가질 수 있는 것
병아리가 한 모금 물을 머금고 하늘을 우러를 수 있는 색인 거다
하늘로 올라가는 것 하늘에서 내려오는 것들은 모두 투명하다
어둠의 계곡을 건너온 새벽이 풀잎 위에 슬어놓은 것도 같다
무색의 액체가 담긴 병을 기울이면 아득한 소리 들려온다
-나를 그냥 물로 보지 말라고

티켓

사내의 몹쓸 한 마디에 가슴이 시린 밤
찢어지는 속내를 들키지 않으려 이불 속에서
여자는 쉽게 울다 잠들었다

아무것도 모르는 초짜
무서운 현실 앞에 허둥거리며 매달린 것은
티켓 한 장 때문이었다

뒤늦게 눈치챈 남편의 별다방 출입
여자는 퍼렇게 질려
몇 날 며칠을 뜬 눈으로 지새워야 했다

그냥 바람난 세상 탓으로 돌리기엔
이십대 청춘에게는 너무 역겨운 일이었을까

고장 난 사내의 마음 어떻게든 뚝딱거려
돌려놓으면 잠잠해질 줄 알았다
허나 턱없이 고친 후엔
연장이 망가진다는 사실을 몰랐다

녹이 슨 그녀의 마음
삐뚤빼뚤 제멋대로인 철길이 보이기 시작했다
원웨이 티켓으로 곧게 뻗은 외길이

만약 소리가 사라진다면

고요하고 고요한 진허(眞虛)의 세상이 얼마나 아름다울까 구름이 가는지 네가 오는지 꽃은 피는지 모두 그림자처럼 왔다 갈 뿐 눈이 알 수 있을까 코나 혀가 알 수 있을까 중요한 하나 잃으면 또 다른 하나 얻는 법이라니 소리 대신 몸은 무엇을 얻을 수 있을까

검은 행성

단무지 당근 우엉으로 이루어진 검은 행성이 있다
행성이 유지되는 건 하얀 알갱이들이 뿜어내는 점액질이다

늦은 밤 허기를 달래주는 김밥 또 하나의 행성이다
모양도 모양이지만 지친 몸이 힘을 얻도록 싼 값으로 에너지를 충전시켜 주는 별

이건 하늘에 뜬 별의 숫자를 헤아리며 설레던 어릴 적 소풍의 단골 메뉴였다
천상병 시인은 말했다 우리는 세상에 소풍 나온 것이라고

그래 지금 나는 지구라는 별에서 또 하나의 별이 되기 위하여
검은 행성을 꾸역꾸역 삼키고 있는 중이다

달리는 절

절간이 고요할 이유는 없다
백팔번뇌가 그네를 타면서
시끌벅적해도 절은 절이다

강원도 동해에서 서울까지
달리고 달려도 세 시간 거리인데

차가 시속 백팔십으로 미친 듯 달리는 내내
목청 좋은 스님이 경문을 외웠다

운전대를 잡은 사람은 스님이 아니고
식당 운영하는 사촌언니지만
핸들 염주 돌리며 수행했다

우리가 사는 곳이 다 절이다
행자가 있고 법문이 곁에 있으니까

위험한 동거

남자는 기회를 노리는 사냥꾼이다
토끼가 튀어나오는 순간 기회를 놓치지 않으려는

충혈된 눈빛에 그의 손발톱은 날카롭다
머리는 산발하고 신은 해진 지 오래
늘 바람과 내통하고 있다

남자는 새벽 댓바람부터 방문 손잡이를 돌리며
내가 숨어 있는 곳을 흔들어 깨운다
오래된 그의 욕망은 나를 분해하려는 것이다

규칙상 딱히 할 말은 없다
무언가 책잡을 일을 찾지 않으면
자유로울 수도 없고
위험한 짐승을 피할 방법이 없으므로
주위를 살피기 시작한다

이것이 토끼가 사는 법이다

샌다는 말

퍼내고 퍼내도 그대로인 건 새기 때문이다
샌다는 말은 헤아린다는 것과는 다르다
어떤 공간에서 무언가 빠져나갈 때 쓰는 표현이다
빠져나간다 빠져나간다 그렇다 새고 나면 없어지는 것이다

함께 근무하던 동료가 다시 볼 수 없는 곳으로 떠났다
그래 분명히 수술을 받다가 불현듯 사라졌다
우리라는 구성원에서 빠져나간 것이다

영상 하나가 아른거린다 그 속에 그녀가 있다
책상에 앉아 아무렇지 않게 일을 하고 있다
샌다는 말 빠져나간다는 말은 없어진다는 것이 아니다
사라진다는 말은 없어진다는 말과 동의어가 아닌 것이다

어둠이 사라지며 동이 트지만 다시 노을에 닿듯이
그 공간에는 사라진 것들이 그대로 존재하고 있다
영원한 것은 공간이고 공간 속에서 모든 것은 새지 않는다

세월호

멈춰진 시간 속에
차갑게 굳어버린 사람들
아직도 세월을 지켜가는 사람들

시간이 흘렀다 하여
악몽 잊혀지겠냐마는

내가 사는 세월은
그렇게 차가운 바다에 잠들어간 사람들의
내일 속에 있다

봄이 오고 4월이 되면
더욱 먹먹하다
하여 기억을 잊지 않고
동작이 멈춰진 사람들의 몫마저
살아내겠다고
남겨진 사람들의 애간장 녹여
꼭 살아내겠다고 결심한다

모든 오늘 속에
그대가 있다

담배꽁초

밤하늘을 응시하던 눈빛
부드러운 입술로 살짝 깨물어
하얀 연기로 피어난다

가슴을 파고들어
그대의 한 부분이고 싶지만
불꽃을 태울수록 작아지는 나

오랜 기다림과 만나는 순간
날 소진하게 하는 그대의 손길과 입술은
내 삶을 온전한 헌신으로 바치게 하고

나 오늘 그대를 만나
스르르 뭉그러져 잊혀진다 해도
후회 없으리

여백의 미

비워야 아름답다
그곳엔 비행에 지친 나비
땀내 나는 날개를 내려놓고 있다

형체가 완성되지 않은 꿈
나의 무의식에는
독이 든 사과를 문 소녀가
초록색 베개에 묻혀
깊이 잠들어 있다

그 위로
벌들이 화분을 지고 날아가
반쪽뿐인 꽃잎을 쓰다듬고 있다

비워야 보인다
텅 빈 하늘의 은하수처럼
멀리 두어야 다가온다
아름다운 것들이

불 그리고 꽃

불똥은 똥이 아닐까

몇 해 전 뇌출혈로 푸른 청춘을
빨갛게 담그고 떠난 그가 투병하다
마지막 남긴 것은 똥이었다

악다구니도 못 지르는 피똥을 누려고
꺼져가는 생명을 구급차에 실은 후
명의 찾아 수원에서 부천까지 달렸다

불과 똥은 불가분의 관계다

탄다는 것은 마지막이라는 의미
풍이 오면 불도 타면서 똥을 싼다
절름절름 다리를 절룩거리면서

똥이라 부르면 구린내가 날까봐
똥이라 칭하면 다시 볼 수 없어서
우리는 그것을 꽃이라고 명한다

그래 나는 알고 있다
코를 틀어쥐는 똥을 놓고 간 것이 아니라
그는 향기가 빨간 꽃을 낳고 간 것이다

시간의 흐름에도 꺼지지 않는 푸른 불씨를

현대식 가정

저 투명한 창에 성에 서리듯
콩깍지 씌우면 봄은 찾아온다
있는 곳이 형형색색 꽃밭이라고
안성맞춤인 꽃과 나비라 가정할 때
그때는 차마 알지 못한다
겉과 단절된 안이라는 것을

어느 날 문득 깨달았을 때
대범한 족속은 부리로 껍질을 쪼아서
자유의 창공으로 훨훨 날아가고
소심한 부류는 알면서도 모르는 척
껍질에 의지한 채 주름살을 늘인다

고치도 투박한 껍질을 벗어버려야만
얇고 투명한 날개 뽐낼 수 있건만
그는 진한 선팅이 되어있는 창에서
파득파득 머리를 들이밀고 있다

안팎을 구별하는 영특한 눈치장이
속박속박 그들만이 안을 겉인 양

자손의 계보를 심각하게 이어가는 곳
거기를 현대식 가정이라 부른다

운동화

지하철 계단 한 귀퉁이
다 해진 운동화가 놓여 있다
웅크리고 앉아 손을 내미는 노인

닳고 닳아 해진 물건 모셔놓고
지나온 길 후회하는 걸까

너덜해진 과거를
차마 버릴 수는 없었을까

줘도 물어가지 않을 하찮은 물건
신지 않았으니 맨발이다

부끄러워하지 마라
더 이상 닳을 게 없는 세월

석 달 열흘 얘기해도 모자란다고
나란히 앉아
시답지 않은 신이 말하고 있다

가난은 나의 가르침이라고

염화시중

모신다는 말
나는 속이 좁아서 모신다는 말을 모른다

모신다는 말만 되뇌이고
진정 모시지 못하면
가슴에 뾰족한 게 치민다

못 중에서 가장 큰 못은 연못
진흙 바닥에서 꽃이 올라온다

깨끗함도 더러움도 한꺼번에 들어 올린 꽃
온몸으로 피워낸 마음 꽃

궁남지를 걸으며
물 위에 뜬 너를
가슴에 옮긴다

제4부

정적은 공포다

새벽녘 오로지 깨어있는 건 정적 뿐
불면증에 시달려 본 사람은 안다
정적은 또 다른 공포가 된다는 것을
바른 편에서 활을 당기고 있는지 왼쪽에서 총을 겨누고 있는지
드러나지 않는 것은 두려움이라는 이름표를 달고
뚜벅뚜벅 다가온다
두려움은 이렇다 할 또렷한 형체가 없지만
형체가 없는 것을 통과할 수 있는 건 소리이고
소리는 실체를 투영하는 그림자이다
보이지 않는 바람, 그 소리
창문을 흔들수록 정적에 가속이 붙는다

홍옥을 베어 물며

감칠맛 나게 잘 여문 홍옥 한 개
그냥 쓱쓱 문질러 한 입 베어 물었더니
아련한 추억이 떠오른다

잔병치레 잦았던 소싯적
먹는 것마다 소태였지
별스레 유난 떨던 그때마다
오롯이 다독여 주던 아버지

한 줌 흙으로 흩어질 때 서글펐던 목소리
산 사람은 살아야 한다는 말
기억하며 허공에 띄웠던 그날의 생각들
입안에서 까끌까끌 다시 살아 요동친다

바람

속내를 보이고 싶어 그는 운다
나무에 잠들었던 나비 떼
흔들어 짧은 쉼표를 만들고
긴 박자로 쉬어야 할 때
느낌표 하나 찍으라 한다

그가 울면 꽃잎은 신열에 들떠
어쩌지 못한 몸 바닥에 던진다
나 여기 머물렀었노라
연둣빛 사연 가지마다 걸어 놓고
그가 내민 티켓 하나 받아들고
추억으로 가는 기차에 오른다

텅 빈 강당에 가곡이 흐를 때
그는 긴 의자에 오도카니 앉았다
순간을 영원으로 늘이던
저 구름 흘러가는 곳 어디쯤에서
너와 나의 에덴에 닿을까

지금은 예를 갖출 수 없다

누군가와 이별을 했다면
눈물 몇 방울 흘려주는 것이 예의이다
우리나라는 예로부터 동방예의지국이라
하지 않았던가
그러니 이 땅에 사는 사람이라면
당연히 예의를 갖추어야 한다

그 누군가와 안녕을 말했다면
한번쯤 밤잠을 설쳐 주는 것 또한
예의 바른 행동이다

흰꽃이 밤에 더 빛나는 건
이별할 때 예의를 갖추기 위해서고
보름달이 빈틈없이 둥근 것도
야무지게 예의를 차리라는 뜻이다

나는 아버지의 죽음 앞에서
예의를 차리느라 식음도 마다했고
남동생과의 영원한 이별을 놓고

그 방에 퍼지던 수백 송이 백합화
향기보다 더 독하게 슬퍼했다

그러나 지금은 예를 갖출 수 없다

그 별은 내가 사는 하늘 위에서
빛나고 있기 때문이다

백일 잔치

삼 년 전에 장남인 남동생을 가슴에다 묻으시고
쓰러질 듯 힘겨워하시던 친정어머님께서
손녀와 두런두런 방긋방긋 웃으셨습니다

사십 년 동안 효도라는 것을 배운 나보다
오늘 백일잔치를 한 눈망울이 동그란 손녀가
어머님께 효도할 줄은 몰랐습니다

파란 쑥갓의 귀퉁이를 뜯어서 눈을 만들고
좀 더 널찍한 가운데 부분으로 코를 만들고
빨간 고추로 입을 만들어 활짝 웃게 한
노릇노릇 탐스럽게 지져놓은 호박전처럼

호박에 줄 긋는다고 수박 되는 것은 아니지만
환갑이 넘은 주름진 얼굴에 살포시
그려지는 희망의 선을 보았습니다

아마도 부서지는 태양의 조각을 삼키며
수박 속에서 빨갛게 익어버린

생을 향한 열성분자 하나가
엄마 볼을 톡 하고 긁었나 봅니다

장기

무료할 땐 싸움터에 나간다

어디서 적과 붙을 것인지
헤아리면서 상대의 움직임을 주시한다
싸울 줄 아는 사람들은 공격하기 전에
집안 단속부터 한다
철벽을 쌓는 것이다

말에 주어진 명령
허투루 발을 떼어서는 아니 된다
한 수로 인해 망하거나
승리를 부를 수 있다

어떻게 움직이는가에 따라 정해지는
허다한 공방들
위기를 살아가는 묘미를 알면
광활한 장기판의 세계는 예술이 된다
위기가 기회가 되고
삶이 곧 죽음인 것을 아는
내 안의 오기를 느끼며

마우스

오랜만에 컴 온 하니
며칠간 메일도 들여다보지 않았다고
훔친 곡식 입에 문 생쥐처럼
입을 꾹 다문다
마우스는 고개만 좌우로 젓고 있다

치미는 화를 다스리려
손가락으로 물리기를 거듭하고
이리저리 두드려도 도무지 불통이다
그렇다면 차라리 널 아웃

부를 때마다
아랫것처럼 냉큼 달려와서 머리를 조아리고
분부 받잡아도 시원치 않을 놈이
무엇을 원하는지 말을 듣지 않고 버틴다

다시 불러도 묵묵부답
자판이 고장인가
차라리 메인보드를 통째로 유배 보낼까

오, 마우스여
미로의 안내자여

부화되지 않는 알

닭들은 괴롭다
이제나저제나 진흙 목욕시켜줄까
몸을 파고드는 가려움 참아내며
혼신을 다해 좁은 곳에서 알을 낳는다

진드기가 두려워
샤워기처럼 뿜어대는 살충제에
구석구석 몸을 맡긴다
그것은 미필적 고의

부화되지 않은 알들이
두려움 가득 안고 독에 싸인 채
잔뜩 포장되어 있다

먹을 수 있다
없다

닭들은 침묵하고
닭장 밖은 연일 시끄럽다

조치원(鳥致院)

새에 이르는 집이 어딜까

이곳으로 돌아오는 새
저곳으로 떠나는 새
이정표에 오른
그의 또 다른 이름은 방랑이다

침목 위에 뜬 아지랑이
평행선의 종점을 꿈꾸는 철마들

무궁화호는 시골 내음이 그리워
가끔씩 정차를 하고

현실과 멀어지기 위하여
측백나무가 우거진 간이역에서
쉼 없이 날갯짓을 한다

점과 콤마

자신을 드러내지 않으려 몸을 둥글게 말고 있는 점과
살짝 자신을 열어 놓아 잠시 머물고 싶은 콤마는
찍는 점의 자릿수에 따라 그 값이 천차만별이다
숫자 옆에서 콤마는 부족함을 열어 자신을 지키고
점은 안 그런 척하다 자신의 고유함마저 잃는다
부족하다는 건 채워달라는 말과 같기 때문이다
빼곡하게 들어차 있는 숫자의 숲에서 숨기고 있는
점의 꼬리를 찾아내기란 만만한 일이 아니지만
찾아낸다면 머지않아 그 숲에서 환희에 찬
개구리 울음소리까지 들을 수 있을 것이다

회귀(回歸)

한바탕 강풍이 몰아치며 굵은 빗방울이 창문을 흔들었다 질긴 울음 뒤 채 끊어내지 못한 투명한 것들 대롱대롱 매달려 허공에 발을 디뎠다

옥탑방 근처 자꾸만 흔들리는 안테나를 세우기 위해 쇠파이프를 철사로 묶어 본 사람은 안다 꺼이꺼이 울다 벌겋게 충혈된 안막의 투박한 질감을

긴 장마까지 견디고 가을에는 꼭 너를 만나러 갈 궁리를 했다

차표를 움켜쥐고 의자에 앉아 달리는 차창에 맺혀 오는 형체들을 쏘아본다 달빛에 구겨지고 햇살에 찢겼을 저 허수아비들 잿빛 흔적들을 죄다 씻으러 오늘 나는 강릉으로 간다

꿈꾸는 엘리베이터

실수로 상향 버튼을 눌렀다
아래로 갈 것들이 빳빳이 고개를 들었다
손가락 하나로 자세가 반전된 것
그냥 올라갈까
엘리베이터 안에서 꾸는 찰나의 꿈
세상에는 짧은 시간에만 할 수 있는 일이 있다
누가 방해하지 않는다면
나비처럼 가벼워지는 신경들
중력에 반하는 묘한 날갯짓을 한다
오를수록 알루미늄 상자 저편에도
눈 내리고 바람 불고
숲에서 어미 찾아 울먹이는
어린 새의 울음소리까지 있다
하늘은 층간의 틈새에 끼어
둥근 입술 내밀고 올라오는 나를 보았을 것
실수만 없었다면
지하 주차장 바퀴 밑에서 웅크리고 있던 고양이
8자로 누운 게으름을 흔들며
전화기를 들고 누군가와 호들갑을 떨 것인데

가끔은 이렇게 문득 검게 열린
무한대의 거울 속에서
혼자 웃고 있는 여자를 만나고 있다

비 바느질

봄비가 혼수 이불 깁듯 차츰차츰 마음을 꿰어 자꾸 먼 곳으로 가자 한다 처음엔 실뜨기로 성글게 보채다 굵어지는 빗방울은 시침뜨기로, 그러다 성에 차지 않아 쉬지 않고 칭얼거리며 촘촘한 박음질로 옴짝달싹 못하게 한다 거기서 풍덩거릴 장화도 미처 준비하지 못했는데 기어코 나를 끌고 냇가로 향하더니 어느새 물결이 일렁이는 강까지 밀어내고, 또다시 거친 숨을 몰아치는 바다까지 나를 끌어다 내동댕이친다 물살 거스를 힘이 없다 고개만 내밀고 쓸려가다가 빗소리 세찬 기운에 정신을 차리고 두 팔을 휘젓는다 몽환이 좀 거친 게 분명하다 종일 첨벙첨벙 나를 끌고 다니지만 속내를 한 번도 보인 적 없고 맘대로다 못된 봄비 그녀가 마구 내 몸을 들쑤시며 허리에 꽃무늬를 뾰족하게 꽂고 있다

헌신(獻身)

옷을 벗는 순간 훅 끼쳐오는 향기
김이 모락모락 오르는 목욕조에서
우아하게 샤워할 당신의 여인을 떠올려 봐요

인삼같이 사포닌을 함유한 우엉의 껍질
위에서 아래로 쓱 벗기니
진한 갈색 몸에 감추었던 하얀 속살이
너무나 적나라해서 그래요

좋다, 라는 맛에 감미료처럼 등장하는 '우앙'
껍질을 벗기다 나온 감탄사예요
날카로운 식칼로 몸을 얇게 어슷어슷 썰다가
토막 살인이라는 단어까지 생각했어요
왜요, 지나친가요

잘린 몸이 프라이팬에 들어가
들들 볶이며 고소한 맛을 내는 것이 괜찮아요
신혼을 한참 지나 갈변된 중년을 닮았군요
자, 우엉 볶음 드세요

적(敵)

어떤 발소리 창문 가까이 들려오면
열린 곳은 없나 살피고
환기를 위해 말아 올렸던 커튼을 내린 뒤
어둠을 응시하세요

형체 없는 그림자 기웃대나 싶으면
숨소리를 눌러가며
벽의 한 귀퉁이에 숨어서
한참 노려봐요
칼이라도 있으면
심장을 도려낼 양으로
다가오는 놈의 한 곳을 찔러요

기억해 둬요
죽으면 아무도 기억할 수 없는
살아서는 잠이라는 이름을 가진 자예요

깨어보면 마른 명태 같고

침실만 노리는 아주 불온한 손님이에요

피가 울컥 솟아요

| 해설 |

시적 긴장과 위트와 재치의 언어
- 김규나의 첫 시집

김완하

1.

김규나 시인은 2020년 봄 『시와정신』 신인상에 「나는 악어다」 외 4편으로 당선하여 등단하였다. 그가 등단한 지 1년 반 만에 첫 시집을 출간하는 것은 매우 빠른 행보로 파악할 수 있다. 그러나 그것은 그가 등단 이전에도 만만치 않은 시적 역량과 공력을 간직하고 있었다는 점의 반증일 것이다. 그는 대학원에서 문예창작학 석사과정을 마쳤고 이제 박사과정을 시작하고 있다. 시를 쓰는 입장에서 박사과정까지 필요한가 하는 효용론에 대한 논의는 차치하고서라도, 김규나 시인은 이렇듯이 꾸준하게 노력해 가고 있음을 보여주는 것이다. 이러한 과정은 곧 그에게 새로운 시적 긴장과 위트와 재치의 언어를 구

사하게 하는 중요한 기저로 작용하고 있다. 그의 시는 그만큼 지적이고 체계적인 짜임새를 가지고 있는 것이다.

그의 시적 특성은 먼저 그의 등단작 「나는 악어다」에서 잘 드러나고 있다. 전문을 인용하면 다음과 같다.

> 한 발 디딜 때마다 힘을 빼야 허우적이지 않고 걸을 수 있다 물살에 엎드려 숨소리를 죽이고 네 발로 기어야 들키지 않고 다가갈 수 있다 길고 커다란 입 벌리고 물어뜯을 기회만 노리다가 어떤 날은 양지바른 곳에서 얌전히 햇살을 맞기도 한다 내 안에서 사라진 수많은 생명들, 커다란 나무가 되기 위해 숲을 좇아가다 늪에 빠지기도 하고 무서운 독거미를 만나서 숨을 거둔 적도 있는, 더 이상 야자나무에 올라타 열매를 따는 일을 할 수 없는, 햇살이 나뭇잎을 반짝 닦아 놓으면 바람이 후하고 흔들어 놓는, 생각의 정글을 헤매며 밀림에서 태어나 밀림에서 죽는 악어가 아니라 밀림에서 살고 싶은 나는 악어다 생기발랄한 바람을 맞으며 탁한 강물을 가르고 싶은,
>
> -「나는 악어다」 전문

이 시에서 시인은 악어의 습성을 제시하면서 그러한 악어가 가지고 있는 야생의 힘과 자유로움을 넘어서 생기발랄하게 살아가고 싶다는 의지를 표출하고 있다. 김규나의 등단작 「나는 악어다」 외 4편의 심사평에서 송기한 교수는, 김규나 시인의 작품은 자연의 일상성을 시적 작업으로 우수하게 승화시킨 사례에 속하는 경우라고 평가하였다. 우리가 흔히 보는 일상에서 새로운 이미지의 조형성

을 얻어내고 여기에 풍부한 형이상학적 내용을 담아내는 작업은 쉽지 않은 일이라는 것이다. 그럼에도 이 시인은 그러한 작업을 언어의 인위적 조작 없이 순리적으로 풀어내고 있다고 상찬하였다. 여기에서 김규나 시인의 사유는 만들어졌고, 또 완성되어가고 있다는 것이다. 그러므로 그의 시는 이렇게 잘 익은 시의 항아리들로 하여 이를 읽는 독자들에게 정서적 감동을 깊이 가져다주고 있다는 것이다.

김규나의 시에 대한 심사평처럼 그의 시적 지형은 시적 긴장을 형성하기 위한 언어와 형이상학적 내용의 탐구에서 펼쳐지고 있다. 그에게 시적 긴장은 주로 새로운 언어를 탐색하려는 데서 기인하고 있다. 그는 대상을 인식하는 입장에서 경험과 사유의 절묘한 조화를 이루고 있다. 이점에서 그의 시는 형이상학 시로서의 미학적 가치를 떠올리게 한다. 바로 이러한 시적 스탠스가 그의 시를 깊은 사유와 형이상학적 포오즈로 다가오게 하는 것이다.

이러한 그의 시적 개성은 이번 첫 시집의 표제작인 「꿈꾸는 엘리베이터」에서도 선명하게 드러나고 있다.

실수로 상향 버튼을 눌렀다
아래로 갈 것들이 빳빳이 고개를 들었다
손가락 하나로 자세가 반전된 것
그냥 올라갈까
엘리베이터 안에서 꾸는 찰나의 꿈

세상에는 짧은 시간에만 할 수 있는 일이 있다
누가 방해하지 않는다면
나비처럼 가벼워지는 신경들
중력에 반하는 묘한 날갯짓을 한다
오를수록 알루미늄 상자 저편에도
눈 내리고 바람 불고
숲에서 어미 찾아 울먹이는
어린 새의 울음소리까지 있다
하늘은 층간의 틈새에 끼어
둥근 입술 내밀고 올라오는 나를 보았을 것
실수만 없었다면
지하 주차장 바퀴 밑에서 웅크리고 있던 고양이
8자로 누운 게으름을 흔들며
전화기를 들고 누군가와 호들갑을 떨 것인데
가끔은 이렇게 문득 검게 열린
무한대의 거울 속에서
혼자 웃고 있는 여자를 만나고 있다

-「꿈꾸는 엘리베이터」 전문

위 시에서 우리는 김규나 시인이 순간의 의미를 날카롭게 포착하는 재치에 대해서 놀라게 된다. 일상의 순간에서 벌어진 작은 실수. 시인은 그 부지불식간에 일어난 미미한 일로 우리 생의 전반적인 의미를 반추해내는 통찰력을 보여주고 있다. 이 시에서 엘리베이터의 움직임에서 상향과 하향이 의미하는 것은 역설적으로 드러나고 있다. 하늘에 가까울수록 그것과 반대되는 지상의 일과 대립되기 때문이다. 위로 "오르수록 알루미늄 상자 저편에도 / 눈 내리고 바람 불고 / 숲에서 어미 찾아 울먹이는 / 어린 새의 울음소리까지 있다". 그러나 시인은 "실수만 없었다면 / 지하 주차장 바퀴 밑에서 웅크리고 있던 고양이 / 8자로 누운 게으름을 흔들며 / 전화기를 들고 누군가와 호들갑을 떨 것인데"라며 아쉬워한다. 이점에서 우리가 통상 인식하고 있는 하늘이 의미하는 이상과 그것을 실현하지 못한 지상의 현실이라는 맥락이 역전되어 있는 것이다.

이 시의 의미는 끝 부분에서 잘 읽을 수 있다. "가끔은 이렇게 문득 검게 열린 / 무한대의 거울 속에서 / 혼자 웃고 있는 여자를 만나고 있다"가 그것이다. "검게 열린 무한대의 거울 속"은 우리가 살아가며 베일에 쌓여있는 일상을 상징적으로 드러낸 것이다. 어쩌면 버튼을 잘못 누르는 아주 작은 실수로 엘리베이터가 상향으로 이동하는 상황은 시인의 무의식이 반영된 것은 아니었을까 하는 의문이 들기도 한다. 이렇듯이 김규나의 시에는 시적 긴장을 이끄는 인식의 날카로움이 내재되어 있다고 할 수 있다.

2.

김규나의 시에서 접하게 되는 가장 중요한 시적 장치는 역설이나 반어적이라는 것이다. 그러므로 그의 시어들은 우리에게 중층적 의미로 다가온다. 그의 시 의미의 해석은 여러 겹의 층으로 짜인 내면에서 복선을 찾을 때 가능하다. 그러한 점은 해설에서 "시적 긴장과 위트와 재치의 언어"로 설명하고자 하는 것이다. 그의 시는 대상에 대한 비판적 시각을 전면에 내세우면서 풍자적 의미를 배경으로 삼기도 한다. 그러므로 그의 시를 새겨 읽으면서 시세계 안으로 점차 다가서다 보면 우리는 생의 모순이나 본질에 대하여 더 크게 눈뜨는 계기를 맞이하게 되는 것이다.

맛을 진짜 내는 건
말캉한 알맹이가 아니라
속살을 지키려고 굳힌
야무진 껍데기이다

비닐 봉지에 담아온 조개
파를 넣고 한소끔 후르르 끓여 냈다
모래나 뻘을 궁굴던
알고도 모를 것 같은 바다의 맛

냄비 속을 줄기차게 맴돌던
조류 맨 밑바닥
바지락거린다고 바지락
오래전에 숨이 빠진 모시조개 껍질들

하얗게 눈부시던 오후

처음 생명을 틔운 바다에서
우리는 늙은 가수의 '서해에서'를 불렀다
갯바위에 붙은 따개비처럼
의지하지도 않았다

파도에 시달려도
우리는 껍데기로 버티며 살았다
텅 빈 속을 보여주기 싫었다
나는 백합이다

-「껍데기」 전문

위 시에서는 생의 역설적인 의미를 읽을 수 있다. 첫째 연을 살펴보면 "맛을 진짜 내는 건 / 말캉한 알맹이가 아니라 / 속살을 지키려고 굳힌 / 야무진 껍데기이다"에서 그것을 확인할 수 있다. 이점에서 그의 시는 사물의 본질을 파헤치는 통찰력을 바탕으로 삼고 있다. 그것은 그의 시가 우리에게 직관적으로 다가오게 하는 이유이기도 하다. 그의 시는 사물의 궁극을 밝혀 우리 생의 이면적인 의미를 강하게 드러내고 있다. 그러므로 이 시에서 '바다'는 곧 우리들의 삶의 세계인 것이다. 삶의 세계는 알 수 없는 미지의 시간이기도 한데, 그러기에 그것은 '조개'를 비유로 하여 "알고도 모를 것 같은 바다의 맛"으로 제시하였다. 위 시 「껍데기」는 우리 생의 속성을 드러내는 것이다.

결국 시인이 '껍데기'에 관심을 갖는 것은 우리 생의 중요한 본질과 가치를 인식하기 때문이다. 사람들은 껍데기를 벗겨내고 그 안의 알맹이를 찾으려 하지만, 시인은 그 반대로 껍데기에서 진국이 우러남을 강조하는 것이다. 그것은 "파도에 시달려도 / 우리는 껍데기로 버티며 살았다 / 텅 빈 속을 보여주기 싫었"던 까닭이다. 그래서 끝내 시인은 "나는 백합이다"라고 당당하게 외칠 수 있는 것이다.

이상에서 살펴보았듯이 그의 시에서 표현하려 했던 것은 시인이 모든 것의 본색을 찾아가는 과정이라 할 수 있다. 본색이란 본디의 바탕이나 정체, 본래의 생김새, 사물이 지니는 본디의 빛깔을 뜻한다. 그것은 본성이나 본능과도 통하는 것이다.

바람 한 점 안 불건만
살랑, 흔들리는 목련 나뭇가지
꽉 부여잡고 휘청이는 몸을 곧추세우다가
까 까악 깍, 허공으로 튀어 오른 까치 한 마리
봄 냄새에 취해
갈지자로 날아간다

얄궂어라

저것도 수컷이라고
환하게 단장한 꽃처녀
툭 건드리고 지나가는군

-「본색」 전문

이 시에서 읽을 수 있는 것은 봄날의 정취를 일깨워주는 자연이다. 봄날 환하게 피어 있는 목련 가지에 앉아 있다가 순간적으로 튕겨 오르는 까치의 역동적인 모습과 "환하게 단장한 꽃처녀"라는 표현이 대조적으로 제시되어 있다. 불꽃처럼 타오르는 봄기운을 발산하는 목련과 그 가지에 올라앉았다가 "허공으로 튀어 오른 까치 한 마리"의 대조가 극적으로 다가온다. 봄의 역동적인 변화와 조화를 까치와 목련꽃과의 대조를 통해서 사물의 '본색'으로 드러내고 있다. "얄궂어라 // 저것도 수컷이라고 / 환하게 단장한 꽃처녀 / 툭 건드리고 지나가는군"에서 보여주는 농담과도 같은 어조는 곧 그의 시에 위트와 재치라는 개성을 연출하는 것이다. 시적 어조 차원에서 위트와 재치만큼 독자를 시 속으로 끌어들일 수 있는 것은 그리 많지 않다.

나는 늘 배를 타고 다닌다
굽이 조금 높은 배와 낮은 배
배를 타지 않고는 문 밖에 나가지 못하므로
저 삭막한 땅은 바다가 된다
때로는 불시에 들이닥친 물과 만나
배의 밑바닥을 핥아준다
사람은 섬이므로 배를 타야 만날 수 있다
무장무장 노를 저어도
어떤 섬은 너무 멀리 있어 가 닿지 못한다
섬과 섬 사이를 재는 척도

먼 거리도 그리워하면 가깝기 때문이다

-「구두」 전문

이 시에서는 김규나의 사물에 대한 관심과 상상력과 비유에 대하여 살필 수 있다. 우리가 매일 신는 '구두'를 '배'로 인식함으로써 우리 삶의 주변은 모두 바다가 된다. 그러므로 우리의 삶은 매일을 배에 싣고 바다를 항해하는 일정으로 비유되어 있다. 그 지점에서 "사람은 섬이므로 배를 타야 만날 수 있다"는 부분의 흥미로운 표현이 가능한 것이다. 우리가 구두를 신으면 배를 타고 "섬과 섬 사이를 재는 척도"가 된다. 우리의 매일은 사람과 사람 사이를 이어가는 과정이다. 우리가 매일 배를 타고 섬 사이를 이어가게 되는 것은 우리에게는 "먼 거리도 그리워하면 가깝기 때문이다". 이 시의 백미는 바로 이 마지막 행에서 돌출하는 것이다. 그의 시는 이러한 에피그램이 폭발함으로써 시적 동력으로 작용하고 있다. 그러한 점은 다음의 시에서도 잘 드러난다.

슬쩍 다리를 스쳤는데 긁혔다
각이 진 삶은 가만히 있어도
누군가에게 상처를 남긴다
보이지 않는 터널을 통과하면서
아물 수 없는 흉터가 생겼다
봄 햇살이 유난히 따사로운 건
부딪치고 깨지면서 칼바람의 모서리를

무릎으로 기어서 통과했기 때문이다

-「모서리」 전문

그의 시에서 경구처럼 다가오는 표현에는 생에 대한 깊은 사유와 통찰이 엿보인다. 가령 위 시에서 “각이 진 삶은 가만히 있어도 / 누군가에게 상처를 남긴다”라거나, “보이지 않는 터널을 통과하면서 / 아물 수 없는 흉터가 생겼다” 등에서 그러한 점을 발견할 수 있다. 이 시는 짧은 형식임에도 불구하고 잘 파악하면 생에 대한 깊은 의미를 되새기게 한다. 우리가 살아가는 중에는 얼마나 많은 모서리들이 존재하는가. 그래서 이 시에서의 표현은 역설적인 의미로 다가오는 것이다. 시의 후반부 3행에서도 긴장감을 일깨워주고 있다. “봄 햇살이 유난히 따사로운 건 / 부딪치고 깨지면서 칼바람의 모서리를 / 무릎으로 기어서 통과했기 때문이다”. 이렇게 압축된 표현 속에는 ‘모서리’라는, 생의 중심부에서 먼 곳에서부터 생의 안쪽으로 진입하는 인식의 과정이 이어지고 있다. 이러한 점을 통해서 김규나의 시는 독자들에게 생에 대한 통찰력을 일깨워주는 것이다.

밤하늘을 응시하던 눈빛
부드러운 입술로 살짝 깨물어
하얀 연기로 피어난다

가슴을 파고들어

그대의 한 부분이고 싶지만
불꽃을 태울수록 작아지는 나

오랜 기다림과 만나는 순간
날 소진하게 하는 그대의 손길과 입술은
내 삶을 온전한 헌신으로 바치게 하고

나 오늘 그대를 만나
스르르 뭉그러져 잊혀진다 해도
후회 없으리

–「담배꽁초」 전문

김규나 시인은 '담배꽁초'라는 객관적 상관물을 통해서 생에 대한 통찰력을 발휘하고 있다. 시의 내용이 진지함이나 깊이와는 달리 제목이 '담배꽁초'로 대비되는 분위기를 연출하여 위트와 재치를 보여주고 있다. 위 시에서 읽을 수 있듯이 이 시도 역설적 의미를 자아내고 있다. 시적화자의 소망은 "가슴을 파고들어 / 그대의 한 부분이고 싶지만 / 불꽃을 태울수록 작아지는 나"이기 때문이다. 이는 우리 사랑의 모순적 속성을 비유적으로 드러낸 것이다. 이러한 점은 우리에게 사랑의 이면적 의미로 다가온다. 그 모순의 논리 안에는 사랑의 양면성이 자리하기 때문이다. 그러므로 "나 오늘 그대를 만나 / 스르르 뭉그러져 잊혀진다 해도 / 후회 없으리"라는 것이다. 어쩌면 시인은 사랑의 기쁨이나 조화보다 사랑의 아픔을 지향하는 모순적 양상을 보여주려 하는 것이다.

이상에서 살필 수 있듯이 김규나의 시에는 독자들로 하여금 흥미와 관심을 가지고 시 속으로 다가서게 하는 시적 긴장감이 있다. 그의 시적 긴장에는 형이상학적 인식을 통해서 위트와 재치의 언어가 자리하는 것이다. 그러한 점들은 풍자나 비판, 모순과 역설 등 다양한 의미의 변주로 펼쳐지고 있다. 언어에 대한 탐색으로 형이상학적 삶의 본질과 깊이를 들여다보려는 인식의 흐름은 김규나의 시가 펼쳐지고 있는 지형학인 것이다.

김규나 시인은 자연의 일상성을 시적 성과로 우수하게 승화시킨 경우라고 평가할 수 있다. 그의 시는 우리가 흔히 접하는 일상에서 새로운 이미지의 조형성을 얻어내고 여기에 풍부한 형이상학적 내용을 담아내는 것이다. 그리고 이러한 시 창작은 쉽지 않은 일이라는 점에서 김규나의 역량이 드러나는 것이다.

3.

글을 마무리하며 김규나의 시에서 개성과 장점이 가장 잘 드러나 있는 시 「신을 신다」를 살펴보고자 한다. 이 시를 통해 향후 그의 시적 지향점과 그가 앞으로 적극적으로 나아갈 세계를 가늠하여 짚어보고자 한다.

신을 신을 수 있다는 건
아직 살아 있다는 징표

신을 버리고는 살아갈 수 없다는 것을
알려주기 위해서
하찮은 쓰레기를 버릴 때도
축하할 일이 생겨서 집을 나설 때도
신을 신는다
하루를 끝내고
화가 나서 이리저리 휙휙 벗어던지고
이불 속으로 우리 몸을 숨길 때에도
그저 벗어 놓은 자리에서 아무 말 못 하고
다시 발을 맞이할 준비를 하는 게 그의 몫이다

몸을 지탱하다 애달픈 마음 조금씩 늙어간다
표를 내지 않으려고 바닥부터 아주 조금씩
해져가기 때문에
견딜 수가 있는 것이다

살아서 집을 떠날 땐 신을 신지만
생이 다한 사람들은 맨발이어야 한다
나뭇가지에 자신의 몸뚱이를 매달 때도
남겨 놓고 떠나고
푸른 강물에 뛰어들 때도
벗어 놓고 가야 한다

신이 있는 곳으로 가는 사람들은
더 이상 신이 필요하지 않다

-「신을 신다」 전문

이 시에는 김규나 시인의 시적 개성이 매우 집약적으로 드러나고 있다. 그의 시에 엿보이는 시적 긴장은 무엇보다 언어에 대한 새로운 탐색으로 가능한 것이다. 이 시에서는 동음이의어(pun) 기법 활용이 크게 눈에 띤다. 위 시에 나타나는 '신'은 신발이라는 의미를 강하게 드러내고 있지만 그것은 문맥의 흐름에 따라서 최소한 신(新), 신(神), 신(信)이라는 의미로도 해석할 수 있다. 그러므로 김규나의 시는 앰프슨이 시어에 대하여 말한 '애매성의 언어'라는 표현에 비추어 볼 때, 시어로서의 탐색에 성실하게 다가서고 있는 것이다. 그런 점에서 그의 시는 독자들에게 다의적 해석의 여지를 최대한으로 부여해주고 있는 것이다.

시에서 언어의 영역은 곧 시의 바다라 말할 수 있다. 신비평에서 제시하는 형이상학 시에서 그 작품성을 구축하는 기법으로서 이아이러니, 역설 등은 우리 생의 비의를 드러낼 수 있는 매우 중요한 미적 의장이다. 이러한 점을 염두에 두고 보더라도 김규나의 시는 이러한 미학적 차원으로 넓게 바라볼 수가 있다. 그러한 개념을 이 글에서는 '위트와 재치의 언어'라고 아울러 표현하였던 것이다.

김규나 시인은 매우 꼼꼼하고 부지런한 시인이라 말할 수 있다. 시인으로서의 꼼꼼함과 부지런함이란 시가 텃밭으로 삼고 있는 언어의 경작에 게으르지 않음을 의미하는 것이다. 또한 그가 언어 속에 시인으로서 의식을 새겨 넣는 조각가의 열정을 게을리하지 않는 것을 의미하기도 한다. 그의 시작 활동은 생의 연륜으로 미루어서는 다소 늦은 바가 없지 않다. 그러나 등단 1년 반만에 나오는 첫 시집은 앞으로 그의 시에 미래를 제시하는 하나의 반증이 되는 것이다. 김규나 시인에게는 엘리베이터도 꿈을 꾸는 것이다. 그렇다. 첫 시집 『꿈꾸는 엘리베이터』의 출간을 진정으로 축하하며 그의 시 앞날에 새로운 진경이 펼쳐지기를 진심으로 기대한다.

김완하 | 시인, 한남대 교수

시와정신시인선 37

꿈꾸는 엘리베이터

ⓒ김규나, 2021

1판 1쇄 발행 | 2021년 7월 14일
2판 1쇄 발행 | 2023년 11월 17일

지 은 이 | 김규나
펴 낸 곳 | 시와정신
주　　소 | (34445) 대전광역시 대덕구 대전로1019번길 28-7, 2층
전　　화 | (042) 320-7845
전　　송 | 0504-018-1010
홈페이지 | www.siwajeongsin.com
전자우편 | siwajeongsin@hanmail.net
공 급 처 | (주)북센 (031) 955-6777

ISBN 979-11-89282-32-5 03810

값 10,000원

· 이 책은 대전광역시, (재)대전문화재단에서 사업비 일부를 지원받았습니다.

2019-2021 대전 방문의 해　대전문화재단